# ÉPITRE

AU

## VICOMTE D'HAUBERSAERT.

PARIS, IMPRIMERIE DE COSSON,
rue Saint-Germain-des-Prés, n° 9.

# ÉPITRE

## AU

## VICOMTE D'HAUBERSAERT,

MAITRE DES REQUÊTES,
CHARGÉ DU CABINET ET DU PERSONNEL AU MINISTÈRE DE L'INTÉRIEUR;

PAR

## J. G. G. DE FEUILLIDE.

« L'injustice agrandit une âme libre et fière. »
(M. J. CHÉNIER.)
« Monsieur, la poésie a ses licences ; mais,
» Celle-ci passe un peu les bornes que j'y mets. »
( PIRON. *La Métromanie.* )
« J'en ferai pour vivre. »
(BÉRANGER.)

## PARIS.

# LIBRAIRIE UNIVERSELLE,

RUE CASTIGLIONE, Nº 8.

1831.

# ÉPITRE

AU

## VICOMTE D'HAUBERSAERT.

A toi, Vicomte, enfant de cette jeune France
Qui, pour le siècle en marche, est plus qu'une espérance ;
A toi, qui peux, dit-on, me rouvrir, de ta main,
Du personnel brodé l'amovible chemin,
Salut !... Dans tes cartons, nouveau Cap des Tempêtes,
Où s'en vont échouer des milliers de requêtes,
Ajoute à mon dossier, quoi qu'il puisse advenir,
Ces vers, jetés aux vents comme mon avenir.


Depuis qu'au *Moniteur*, officiel registre
Que consultent, d'un œil triomphant ou sinistre,
Tous ceux qui, du pouvoir favoris ou blessés,
Sont par le contre-seing élus ou délaissés ;

Depuis qu'au *Moniteur* j'ai vu la signature
Qui m'a, fort rudement, de ma sous-préfecture,
Jeté sur le pavé; souvent, il t'en souvient,
Le flot solliciteur, qui jusqu'à toi parvient,
M'a roulé, dans ces jours où, compacte et tenace,
Il déborde l'huissier qu'épouvante sa masse.
Du coup qui m'a frappé je me plaignais, et toi,
Qui par l'âge et le cœur te rapproches de moi,
Tu m'as dit que peut-être on m'avait frappé vite,
Qu'un peu sévèrement on jugea ma conduite,
Qu'on se raviserait... Je prisai la valeur
Des aveux du pouvoir qui, par faux point d'honneur,
Dit rarement : J'ai tort !... Je crus à tes paroles;
Et comme, quand tu veux, tu flattes, tu consoles,
Par ton accueil, ton air souriant en ami,
Le reproche en mon cœur fut trois mois endormi.


Ainsi, depuis trois mois, bercé de rêve en rêve,
Comme le matelot échoué sur la grève
Qui, durant bien des jours, attend qu'au sein des mers
Apparaisse un vaisseau qui l'arrache aux déserts;
Ainsi, j'attends toujours l'ordonnance promise
Qui répare, envers moi, l'injustice commise.
Le mot est dur !... sans doute. Eh! dis-moi, voudrais-tu
Que lorsqu'un pauvre diable est par les vents battu,

De lui, comme à plaisir, quand le pouvoir se joue,
Et quand soufflets polis vont pleuvant sur sa joue,
Il s'amuse, de mots vrais, mais un peu blessans,
Dans une périphrase à tortiller le sens?
Non; va, je ne crois point ton oreille offensée
Des termes un peu vifs qui rendent ma pensée.
J'ai pour moi le bon droit, cher Vicomte; en effet,
Que me reproche-t-on? qu'ai-je dit? qu'ai-je fait,
Pour qu'on suspende au croc des vieilles friperies
Mon habit encor neuf avec ses broderies?


Au républicanisme ardent à me plier,
D'un bonnet phrygien coiffant un peuplier,
Ai-je dressé jamais sur la place publique
Du spectre végétal la tige symbolique?
Ou, maladroitement effrayant mes cantons
Des projets avortés des carlistes gascons,
Jacobites pleureurs, intrigans de ruelles,
Ayant comme en Écosse argent rare et tourelles,
Et qui, mangeant leur bien et crevant leurs chevaux,
Fourniront des romans aux Walter Scott nouveaux;
Oubliant leur jactance en proverbe passée,
Ai-je conduit la foule, en tumulte amassée,
Au castel où, derrière un triple contrevent,
Ils buvaient, à huis-clos, au retour d'un enfant?

Ou du grand Empereur évoquant la grande ombre,
De ce géant du siècle ai-je à des nains sans nombre,
Comme un mauvais plaisant, comparé la hauteur,
Et dit : Peuples, songez au fils de l'Empereur ?
De l'impôt indirect qui l'écrase, l'indigne
Et lui prend le plus net des trésors de sa vigne,
Quand le peuple vainqueur croyait que les trois jours
L'avaient, comme d'un Roi, délivré pour toujours ;
Quand ses flots ameutés roulaient dans les villages
Ses menaces de mort, ses faux, ses cris sauvages,
Comme certaines gens encor chargés d'honneurs,
Qui se sont bravement appelés nos sauveurs,
M'a-t-on vu dans ma cave attendre que la foudre
Ait passé, pour savoir ce qu'il fallait résoudre ?
Ou plutôt, n'ai-je pas, de fureurs entouré,
Fait entendre des lois le langage sacré ?
Là, mon écharpe seule appuyait mes paroles ;
Et pourtant, je savais avec ces têtes folles,
Ces têtes du midi promptes à s'allumer,
Que je jouais un jeu pour me faire assommer ?
Aurais-je, par hasard, dans un jour de colère,
Envoyé promener préfet et circulaire ?


Ah ! j'entends, et je sais que tu l'as dit de moi :
Je suis du mouvement ! Du mouvement !... Et toi,

N'en es-tu plus? Quoi donc, quand le monde est en marche,
Lorsque, nouveau David, il bondit devant l'arche
Où le peuple, en chantant, porte la liberté,
Avec tête et cœur chauds, voudrais-tu que jeté
Au fauteuil de Scarron, cul-de-jatte en béquilles,
Je visse, devant moi, jeunes gens, jeunes filles,
Vieillards même, passer en se tenaut la main?
Et, seul, je resterais cloué sur le chemin?
Et cramponnant ma vie à des choses passées,
Seul, sans prendre ma part des nouvelles pensées,
Aujourd'hui qu'on vieillit, qu'on s'use en peu de temps,
Sur les bords du fossé je serais, à trente ans,
La borne qui dirait d'où, pour un grand voyage,
S'élancèrent, ardens, les esprits de notre âge?
Ce mouvement, d'ailleurs, qui cause ton effroi,
N'est point celui qui chasse ou met à mort un Roi.
C'est de tout long effort l'inévitable suite :
Quand l'orage a cessé la mer encor s'agite;
Une grande clameur tout à coup ne meurt pas;
Du canon les échos prolongent le fracas;
Et lorsqu'au Champ-de-Mars dont il parcourt l'espace,
Un cheval touche au but, tu vois qu'il le dépasse;
Il est vainqueur, pourtant il court, galoppe encor,
Seulement, de sa fougue il modère l'essor,
Se ralentit, et puis marche au pas sur l'arène...
Tel, des trois jours, encor, le mouvement entraîne.

Mon Dieu ! de tous ces faits, que je crée à plaisir,
Des hommes de juillet pouvaient-ils me punir ?
Non, non ; mais une intrigue, et bien noire et bien lâche,
Durant neuf mois entiers , aboyant sans relâche
Du cabinet des chefs aux bureaux des commis,
Prouva ce qu'à la fin peuvent des ennemis,
Apres à la curée, artisans de mensonge,
Lèpre qui vit toujours, ver de terre qui ronge,
Mine au pied et renverse un arbre grand et fort
Qui des vents déchaînés aurait bravé l'effort.


Sais-je ce que de moi l'on t'a dit ?... Et toi-même,
Cher Vicomte, en lançant le royal anathême,
Savais-tu bien au juste à quel acte, à quel fait
On pouvait l'appliquer ?... Tiens, tu connais l'effet
De ce bourdonnement qui, sans note distincte,
Porte un son indécis à l'oreille qui tinte ;
Bruit fatiguant, étrange, et grâce auquel on croit
Que des sons bien réels vibrent dans quelqu'endroit ;
Eh bien ! la calomnie, active, infatigable,
Produit sur notre esprit un tintement semblable ;
Sur les actes humains à force de passer,
D'écourter, d'allonger, de trier, d'écosser
Participes et noms, conjonctions et verbes,
De séparer des faits, de les unir en gerbes,

On parvient à créer un tout , que la raison
Croit d'abord fantastique et qui bientôt prend nom ,
Avec un corps formé de faits sans consistance...
De là sont nés jadis les procès de tendance.
Et tu m'as fait le mien. Grand merci ! bien jugé !
Mais que dis-je ? ton cœur, j'en suis sûr, m'a vengé.
Tous bas , quand la justice y reprend son empire ;
Il te dit qu'il fallait , avant de me proscrire ,
( Car tu sais aujourd'hui que j'ai fait quelque bien , )
Consulter le préfet qui fut compté pour rien ;
Savoir ce que valaient ces plaintes , ces reproches
Dont me harcelaient, seuls, des coureurs de débauches,
De mauvais compagnons qui tous sentaient la hart,
Et dont ma fermeté gêna plus d'un écart.
Va, d'une intrigue , alors (triomphe illégitime !)
Nous n'aurions pas été, toi dupe, et moi victime.
Peut-être aussi, mon fils , mon enfant premier-né,
Jeune ange , avant le temps, dans les cieux retourné,
Serait encor bercé dans les bras de sa mère.
Va, je l'ai dit souvent dans ma douleur amère :
« Un long voyage, hélas ! en fatigant son corps,
» De sa frêle existence a brisé les ressorts. »


Que maudit soit le jour où j'eus la sotte envie ,
Rage de vanité, d'emprisonner ma vie

Au cercle du pouvoir, cercle capricieux,
Qui vous prend, vous rejette à terre ou dans les cieux.
Moi, poëte jadis, journaliste en boutique,
Et qui de FIGARO rasai mainte pratique,
Quand Figaro, tenant magasin de pamphlets,
Lancette de barbier, arsenal de soufflets,
Voyait rire et bons mots tomber de sa résile
Et son bois vert voler sur le dos de Basile ;
Moi, qui, de PAUL-LOUIS me faisant un patron,
Pris la serpe et le fouet de ce bon vigneron
Pour saigner, pour zébrer à grands coups de lanière
Ces valets, grands seigneurs qui traînaient dans l'ornière
Du pouvoir absolu la France à reculons ;
Moi, qui fis bonne guerre à tous ces charançons,
A tous ces vers rampans, ces brillantes chenilles,
En char à six chevaux, étalant leurs guenilles
Que dora, de tout temps, un budget bien replet ;
Dans l'almanach royal qu'avais-je, s'il vous plaît,
A vouloir que mon nom, comme une enluminure,
Figurât affublé d'une sous-préfecture ?
Là, qu'avais-je à troquer contre un collet d'argent
Mon rasoir, ma lancette et mon fouet voltigeant ?
Moi, qui fus roi trois jours, ainsi que tous ces braves,
Ce peuple tout entier qui brisait ses entraves ;
Moi, qui cédai comme eux, en pleine liberté,
Au Roi que nous avons ma part de royauté,

Ne valait-il pas mieux, artiste, prolétaire ;
Vivre joyeusement poëte et pamphlétaire ?


Ah ! c'est que j'espérais, trop prompt à m'abuser,
Voir enfin la matière à pamphlet s'épuiser.
Je pensais qu'écrivain, grâce à juillet, sans bile,
Comme administrateur je pourrais être utile,
Servir ainsi le peuple et défendre ses droits
Pour lesquels j'écrivis, et combattis ses Rois.
Enfant, j'avais l'espoir qu'après les trois journées
Les routes d'autrefois seraient abandonnées ;
Qu'on récompenserait tout service rendu ;
Qu'avant d'être frappé l'on serait entendu ;
Qu'on n'accueillerait plus d'un lâche persiflage
Un homme qui joua sa tête avec courage,
Et qui, trois mois, sans bruit, sans scandale, oublié,
Se plaindrait qu'à l'intrigue on l'a sacrifié.
Mais de ce fol espoir la coupe s'est brisée.
Encor, si du pouvoir j'étais seul la risée !
Mais, non ; je vois partout l'abattement grandir,
Le talent s'éloigner, le dévoûment tiédir.
Cher Vicomte, dis-moi, sur un sol en ruines,
Le trône a-t-il jeté de si larges racines
Que l'on puisse déjà honnir, décourager
Tous ceux qui près de lui coururent se ranger ;

Qui, vainqueurs, au pays firent sans artifice
De leurs opinions le loyal sacrifice;
Où qui, de bonne foi, croient de la royauté
L'alliance possible avec la liberté?
La leçon du passé serait-elle inutile?...
Hélas ! trop vite ingrats envers l'Hôtel-de-Ville,
Vous éloignez des cœurs, hier encore amis,
Aujourd'hui froids peut-être, et demain ennemis.
Si la reconnaissance et vous gêne et vous pèse,
Attendez que le temps étouffant sous sa braise
Le volcan où rugit l'esprit des factions,
Ait, de sa main de fer, lassé les passions.


Là, là !... comme je vais ! quelle rage m'emporte?
Pour un solliciteur j'écris d'étrange sorte,
Cher Vicomte ! et vraiment c'est vouloir qu'à mon nez
Les huissiers, bons gardiens de tes ordres donnés,
Tiennent ta porte close... Oui, pardieu ! c'est sottise !
Mais je le vois trop tard pour que je me ravise,
« Mon siége est fait... » D'ailleurs, je sais à qui j'écris,
Quoi qu'en aient prétendu quelques méchans esprits,
Qui vont disant partout, qu'au pouvoir quand on monte,
De justice, de droits on ne tient plus nul compte,
Si le bon droit ne prend un langage flatteur;
Qu'à ceux qui l'aimaient tant la vérité fait peur;

Et que même, il s'est vu des nullités avides,
Qu'avant d'être au pouvoir vous traitiez de stupides,
Passer, grâce à l'effet d'un langage subtil,
Bien fardé, bien musqué, bien flagorneur, bien vil,
Pour gens dont vous avez méconnu le génie.
Moi, je tiens ces propos pour noire calomnie.
Et toi, tu prouveras que de nos rangs sorti,
Pour servir un jeune homme ayant le droit pour lui,
Tu ne consultes point quand il s'offre à ta vue,
Le langage qu'il parle ou l'air dont il salue.
Le droit, la vérité, qui nous viennent de Dieu,
Te plaisent avant tout... Nous verrons bien... Adieu !



Paris, 15 septembre 1831.